CRI

D'ALARME!

PAR

M. DE LAROCHEFOUCAULD

DUC DE DOUDEAUVILLE

PARIS

CHEZ TOUS LES LIBRAIRES.

1861

CRI D'ALARME

Château d'Armainvilliers, près Tournan
(Seine-et-Marne), 7 Novembre 1861.

Je suis légitimiste, parce que je trouve dans le principe de la légitimité plus de garanties pour le bonheur et le repos des peuples; et parce que ce principe s'étend à tout, depuis la plus petite propriété jusqu'à la plus grande.

Mais être légitimiste, ce n'est pas être conspirateur; c'est, tout au contraire, être ami de l'ordre, décidé à le soutenir, à le défendre et à le rétablir.

Être légitimiste, c'est être le soutien du pauvre en défendant ses droits; plus encore peut-être que celui du riche.

Être légitimiste, c'est plaider la cause de tous les droits, et mettre le devoir avant la convenance et l'intérêt.

Être légitimiste, enfin, c'est être catholique, c'est repousser toute révolution qui, en définitive, est toujours une usurpation; c'est anathématiser le vol et la spoliation soit celle du chaume ou du palais ; ou bien encore celle d'une province ou d'un État à sa convenance.

Plus d'une fois j'ai dit la vérité aux peuples, en leur reprochant leurs excès ; pourquoi ne la dirais-je pas aux souverains avec la même indépendance ?

Homme de progrès, je me suis associé à 1789 qui devait s'opposer aux révolutions également funestes au pauvre et au riche ; à 1789, qui reconnaissait et consacrait tous les droits.

J'ai horreur de 1793, qui avait l'échafaud pour étendard, le crime comme moyen, l'anarchie pour but; et qui devait, en résumé, nous conduire au despotisme, faire couler des torrents de sang, et conduire dans nos murs cinq cent mille étrangers.

Je m'inscris avec force contre tout ce qui porte le nom de Révolution, parce que c'est le synonyme de bouleversement, de spoliations, de victimes, de bourreaux ; et toujours enfin de despotisme, soit d'un seul, soit de plusieurs.

J'ai consacré ma vie au principe de la légitimité ; et, jusqu'à la mort, je lui resterai fidèle ; mais je ne suis d'aucune coterie, et si j'étais gouvernement quelconque, légitime ou non, je regarderais que les légitimistes, forcément amis de l'ordre, sont de précieux auxiliaires.

Il y a usurpation et usurpation ; et celui qui, sans prendre rien à personne, n'a détrôné que l'anarchie, ne peut être responsable que de ses actes; coupable seulement, si ces actes sont dangereux pour le repos du monde, et pour celui des peuples qui l'ont appelé pour se soustraire à l'anarchie.

On peut ne pas partager mon opinion, mais personne n'a le droit de suspecter mes sentiments, qui sont invariables, en me laissant toute mon indépendance.

Quatorze ans aide de camp de Charles X, je n'ai pas l'honneur de servir le gouvernement actuel ; mais je déclare que je le préfère cent fois à l'Orléanisme.

« Je vous sers et ne vous flatterai jamais, » disais-je un jour à ce bon prince ; j'en dirai autant à mon pays qui a tous mes amours, et dont les erreurs m'ont parfois arraché des larmes, mais pour lequel je formerai jusqu'à mon dernier jour les vœux les plus tendres.

Je n'ai jamais demandé son opinion au malheureux qui frappait à ma porte ; mais j'aime trop mes semblables, pour ne pas chercher à les éclairer.

Parmi les révolutionnaires qui, malgré tout, sont nos frères en Jésus-Christ, il est juste de faire une exception en faveur de ces esprits égarés par les vains sophismes et les discours trompeurs de ces hommes dont les paroles de miel distillent le poison ; et qui ne poussent au bouleversement, qu'avec l'espoir d'en profiter dans leur intérêt personnel.

Trop souvent on cache la vérité aux souverains, pour qu'il ne soit pas bon et utile de la leur faire entendre quelquefois.

J'ai voté pour la présidence contre l'anarchie, et contre l'empire qui me rappelait trop l'arbitraire du premier,

Disons-le cependant ; jamais suffrages n'ont été plus libres et plus nombreux.

La nation craignant l'anarchie, demandait une autorité quelconque. M. le comte de Chambord chérit sa patrie ; mais il redoute, avant tout, qu'on puisse l'accuser de troubler la France dans un but personnel.

Il a gardé le silence. Le prince Louis-Napoléon s'est présenté, il a été accepté ; et il est impossible de ne pas reconnaître qu'il ait rendu au pays un éclatant service.

Je ne viens ni justifier, ni blâmer l'oubli du serment qu'il avait prêté comme président.

En méconnaissant les engagements pris envers lui, ne pouvait-il pas se croire délié ?

Les débuts de son gouvernement durent donner un juste espoir aux amis de l'ordre.

Pour inspirer quelque confiance, il faut être juste ; et je dirai d'abord, que ce sont les souverains qui ont donné les premiers à leurs peuples l'exemple de violer ces principes sacrés sur lesquels reposent la sécurité de tous et le repos du monde.

La guerre de Crimée sembla être un démenti à ces paroles : « L'Empire c'est la Paix. »

Cette guerre, glorieuse par les résultats, malgré des pertes énormes d'hommes et d'argent, pouvait-elle être évitée ?

Je ne le pense pas ; seulement je crois que dans l'intérêt de l'avenir, il fallait frapper un coup dont les conséquences se fissent plus longtemps sentir.

Il n'y paraît déjà plus, et les pertes de la Russie sont réparées.

Je suis d'autant moins suspect en tenant ce langage; qu'à certaines conditions, je suis et j'ai toujours été pour l'alliance russe ; repoussant pour alliée l'Angleterre, sur laquelle on ne doit jamais compter ; et qui, toujours envieuse, n'est jamais plus à craindre que lorsqu'elle se dit votre amie. Aussi ai-je souvent gémi des concessions faites à cette alliance.

Il fallait, à mon avis, après avoir abattu pour longtemps la puissance maritime de la Russie, se faire le soutien et l'allié de toutes les petites puissances maritimes, afin de pouvoir un jour ou l'autre opposer à l'Angleterre une puissante marine qui lui disputât un empire qu'elle prétend exercer sans contrôle sur les mers. Grâce à nos armées, nous ne lui céderons jamais du moins ce même empire sur le continent.

J'arrive à la guerre d'Italie; et, à mon avis, en ne la faisant pas, on laissait y régner l'Autriche, dont les vexations de tout genre faisaient repousser et haïr le despotisme.

Voyons seulement si cette guerre a eu les conséquences qu'il eût été désirable d'en attendre.

Sans doute, l'alliance du Piémont était alors nécessaire; mais il ne fallait pas se faire le soutien d'une ambition sans règle et sans mesure.

Une admirable armée fut improvisée, sans que rien pût résister à son élan comme à sa valeur.

En pleurant sur le sang versé, on ne le regretterait pas, s'il avait eu pour la France comme pour l'Europe, le résultat qu'on devait espérer.

Sous un feu meurtrier, l'Empereur fut calme ; et plus tard, quel qu'en fût le motif, il se montra modéré après les victoires les plus éclatantes.

Les conditions de la paix de Villafranca, approuvées par l'Europe, semblaient tout concilier, en ménageant tous les intérêts, et en consacrant tous les droits.

Pourquoi une entente fatale avec M. de Cavour, qui acceptait la Révolution comme moyen sans en comprendre le danger ; pourquoi, dis-je, cette entente est-elle venue annuler en partie, un traité empreint de loyauté, de sagesse et de modération ?

Sans doute la Savoie, française de cœur et annexée, était un véritable service rendu à la patrie, en fixant définitivement notre frontière du côté des Alpes ; mais après celui que la France venait de rendre au Piémont, en protégeant ses armes, et en lui assurant la Lombardie au prix de notre sang et de nos trésors, était-il nécessaire et prudent de sembler approuver une ambition sans mesure, et de fermer les yeux sur les spoliations, les usurpations, le manque de foi, les vexations, les persécutions, les cruautés, l'hypocrisie, les mensonges, le despotisme, le mépris de tous les droits, l'oubli des devoirs et de tous les principes sociaux, les profanations, les sacriléges, les pensions accordées au régicide, et enfin l'inauguration d'une politique qui, en ébranlant tous les trônes, devait, par contre, compromettre le repos des nations?

Devait-on, en proclamant le principe de non-intervention, souffrir qu'une nation rivale intervînt, dans son intérêt, au nom de ces principes destructeurs qui n'ont jamais produit que le désordre; et qui finissent par ruiner les peuples, en leur faisant courber la tête sous le joug impérieux de quelques ambitieux qui s'en font un marche-pied pour arriver au pouvoir?

Non, sans doute.

La Révolution n'a jamais produit que des ruines recouvertes du sang qu'elle a fait verser; et elle a constamment fait des victimes de ceux-là mêmes qui se croient un moment maîtres de la situation. Aussi, est-ce également dans leur intérêt que je repousse leurs prétendus principes, qui ne sont, en résumé, que l'absence de tout principe.

Lisez l'histoire, et voyez tous les révolutionnaires, après s'être gorgés d'un sang innocent, finir par s'égorger les uns les autres.

En présence de tous les forfaits qui se commettent en Italie, au nom d'une liberté qui n'a jamais existé, l'Europe garde le silence et reste l'arme au bras sans comprendre les dangers dont la menace ce torrent envahisseur et dévastateur.

Dirigée par un égoïsme sans calcul, l'Europe craint la guerre et s'y prépare malgré mille courbettes destinées à l'éviter.

De quel droit cependant viendrait-on reprocher à la France son inaction, lorsque cette inaction est générale?

Marcher au jour le jour, c'est compromettre l'avenir, et le rendre presque impossible.

Tandis que les gouvernements s'endorment, la révolution marche, et étend partout ses réseaux dévastateurs.

Ce n'est pas en la prenant pour alliée, que l'on peut parvenir à la maîtriser ; et si elle nous flatte un moment, c'est afin d'arriver plus sûrement à ses fins.

Mazzini vous l'a dit avec une impudente franchise.

C'est en se montrant aussi juste que ferme, que l'on peut échapper au danger ; c'est en donnant l'exemple du respect dû aux principes de vérité ; c'est en respectant les droits de tous; et tout en accordant de justes libertés, en réprimant enfin d'une main ferme et forte l'anarchie.

Sanctionner le sacrilége, comme on le fait en Italie, donner l'exemple du mépris pour les choses saintes, persécuter les ministres de l'Évangile, c'est donner de nouvelles armes à la révolution, c'est un véritable suicide. C'est encourager et fournir de nouveaux éléments au protestantisme anglais, dont les efforts tendent constamment à battre en brèche le catholicisme et à fomenter partout les révolutions, les révoltes et le désordre que condamne l'Évangile.

Le catholicisme, c'est l'ordre et la liberté.

Le protestantisme de l'Angleterre, c'est le désordre et l'anarchie, qui sont la conséquence des bouleversements qu'elle suscite sur le Continent.

Disons-le, cependant ; l'état actuel de la Société, qui repose sur un volcan prêt à faire explosion, est plus encore l'œuvre des souverains que celui des peuples; et le partage de la Pologne est un crime politique dont les événements se sont chargés de faire une faute capitale.

Persécuter les amis de l'ordre, et regarder comme ennemis ceux qu'on devrait plutôt protéger, c'est fournir un aliment au désordre.

Le sang coule en Italie; tous les crimes, toutes les iniquités, tous les meurtres, toutes les cruautés s'y commettent impunément; des officiers, relégués contre la foi des gens dans l'île de Ponza, y périssent de misère.

Un roi et une reine, dignes des temps les plus héroïques, sont chassés de leurs États par la trahison la plus infâme. L'Europe leur envoie des couronnes de laurier; mais elle ne fait rien pour leur rendre ce trône qu'ils ont défendu avec une persévérance si courageuse; et elle reste sourde aux gémissements, comme aux cris de désespoir de ces provinces ruinées et décimées !

L'Europe laisse appeler *brigands* des hommes qui refusent de renier leur Dieu et leur roi. Triste encouragement offert à la fidélité !

La misère et la famine règnent dans la malheureuse Irlande, et l'Europe ferme les yeux !

Personne n'a pris la défense de ces malheureuses populations, dont l'esprit mercantile de l'Angleterre fait tant de victimes.

Une ambition sans conteste a remplacé partout le droit des gens.

Le sang a coulé à flots en Orient, et longtemps l'Europe a fermé les yeux !

Le sang indien inonde le sol, et il n'est sorte d'injustices et de cruautés que l'Angleterre n'ait exercées sur ce malheureux peuple, afin de lui arracher son or ; et l'Europe ferme les yeux !

Une nation refuse de se laisser empoisonner ; l'Angleterre lui déclare une guerre d'extermination, et l'Europe ferme les yeux !

Et tandis que nous vengeons nos missionnaires massacrés, l'Angleterre ouvre un débouché à son opium !

L'héroïque Pologne se résigne en versant des larmes ; et ces larmes sont des larmes de sang ; et l'Europe ferme encore les yeux !

La Hongrie réclame inutilement ses droits consacrés par le temps ; et l'Europe ferme les yeux !

Les différents peuples qui gémissent dans l'esclavage réclament la liberté avec leur nationalité ; et l'Europe ferme les yeux !

C'est en vain que les catholiques réclament la liberté qu'on laisse à l'erreur ; l'Europe ferme les yeux et se bouche les oreilles !

Le silence des victimes réclame en leur faveur.

Tant et de si injustes persécutions crient vengeance ; la justice éternelle ne peut longtemps se faire attendre.

L'égoïsme est la politique du jour ; mais cette politique est aveugle, et l'avenir se chargera de le prouver.

Reconnaissons, cependant, que si la France commet des fautes ; si, en voulant l'ordre, elle semble parfois favoriser le désordre, c'est encore elle qui marche à la tête de la civilisation et qui vole au secours des opprimés ; seulement, l'autorité méconnaît parfois ceux qu'elle devrait protéger dans l'intérêt de l'ordre ; et si ces derniers s'affligent en se soumettant, le triomphe de leurs adversaires est une leçon sévère. Dieu veuille qu'on en profite !

Il existe dans sa politique un mélange de concessions difficile à expliquer. Ainsi en maintenant ses troupes à Rome et en mettant des bornes à l'ambition du Piémont, elle a laissé dépouiller d'une partie de ses États le Souverain-Pontife.

Néanmoins et il est juste de reconnaître que si la France ne faisait pas ses efforts pour s'opposer à la guerre, la guerre deviendrait bientôt générale, malgré la crainte qu'elle inspire.

« Nous allons à la république européenne, » pensent quelques esprits sages ; et moi je dis avec une profonde douleur : « Ce n'est pas une république, mais une anarchie épouvantable qui menace tous les États. »

La situation est des plus tendues, le commerce et l'agriculture souffrent, la corruption est générale, un luxe effréné ruine les familles. Le commerçant français, si renommé jadis par sa loyauté, a perdu cette honorable confiance qui était un de ses plus beaux titres.

Honneur et loyauté, esprit chevaleresque, caractères distinctifs de la nation française, qu'êtes-vous devenus ?

La fortune publique est dans un état alarmant, le péril est grand ; ne cherchons pas à le dissimuler, tout en espérant qu'une main habile et ferme saura le dissiper.

Le catholicisme seul défend la société, vivement me-nacée par l'incrédulité.

La Société souffre des coups que reçoit le Christianisme.

Souverains de l'Europe, ouvrez enfin les yeux que tient fermés une politique entachée du plus dangereux égoïsme !

Consultez votre intérêt, aussi bien que celui de vos peu-ples ; et que tous vos efforts, comme votre exemple, ten-dent à les ramener à ces principes éternels qui sont la meilleure garantie de leur bonheur, et qui peuvent seuls maintenir l'ordre ou bien le rétablir !

Accordez à vos peuples une liberté qui est leur droit, quand elle ne dégénère pas dans une anarchie qui est leur ruine !

Prenez pour auxiliaire et pour guide, ainsi que pour appui, la religion de vos pères ; et en respectant les droits de chacun, apprenez à faire respecter les vôtres !

Religion, modération, sagesse, fermeté, justice et loyauté ; souverains, que ce soit là votre devise et votre ligne de conduite ; et vous, peuples, fermez vos oreilles à tous ces apôtres d'une philosophie impie qui vous prêche l'athéisme et l'indifférence, pour vous conduire à l'anar-chie par l'oubli de tous vos devoirs !

Ne croyez à la liberté que lorsqu'elle s'appuie sur la vérité, et jamais quand elle est l'œuvre du mensonge !

Souverains et peuples, en pardonnant à vos ennemis, reconnaissez vos véritables amis, dans ceux qui osent vous tenir le langage de la conscience ; et bénissez cette religion qui rappelle aux grands comme aux petits leurs devoirs et leurs droits ; cette religion enfin qui fait chérir le pauvre, et nous rend tous frères en Jésus-Christ !

Révolutionnaires et conservateurs, gouvernements et peuples, tous ont éprouvé la vanité de leurs prétentions extrêmes, et se sont heurtés aux limites de leur puissance.

La véritable égalité ne peut exister que devant Dieu, et devant la loi. Et vous tous, amis de l'ordre, réunissez-vous en colonne serrée, pour opposer une barrière insurmontable aux partisans du désordre, trop souvent instruments de ces sociétés dont le travail constant est d'ébranler l'édifice social, en lui enlevant les bases sur lesquelles reposent son existence et son avenir.

Dignes élèves de l'impie Voltaire, ils répètent avec lui : « Écrasez l'infâme, le salut du monde est à ce prix ! »

Puisse Dieu pardonner au blasphémateur en l'éclairant; et la prière du juste obtenir miséricorde pour tous !

C'est le vœu de celui qui compterait sa vie pour rien, si elle pouvait assurer le repos et le bonheur de ses semblables !

LAROCHEFOUCAULD,
DUC DE DOUDEAUVILLE.

Paris. — Imp. de L. TINTERLIN et Ce, rue Neuve-des-Bons-Enfants, 3.

www.ingramcontent.com/pod-product-compliance
Ingram Content Group UK Ltd.
Pitfield, Milton Keynes, MK11 3LW, UK
UKHW020205080726
13614UKWH00006B/2622